다시 오지 않는 것들

다시 오지 않는 것들

최영미 시집

이미출판사

차례

지리멸렬한 고통 **2부**

3부 다시 오지 않는

1부

꽃들이 먼저 알아

밥을 지으며

밥물은 대강 부어요
쌀 위에 국자가 잠길락말락
물을 붓고 버튼을 눌러요
전기밥솥의 눈금은 쳐다보지도 않아요!
밥물은 대충 부어요. 되든 질든

되는대로
대강, 대충 살아왔어요
대충 사는 것도 힘들었어요
전쟁만큼 힘들었어요

목숨을 걸고 뭘 하진 않았어요
(왜 그래야지요?)
서른다섯이 지나
제 계산이 맞은 적은 한 번도 없답니다!

꽃들이 먼저 알아

당신이 날 버리기 전에
내가 먼저 떠나지 않을 거야

나비가 날아든다는 난초 화분을 집 안에 들여놓고
우리의 사랑처럼 싱싱한 잎을 보며 그가 말했다
가끔 물만 주면 돼.
물, 에 힘을 주며 그는 푸른 웃음을 뿌렸다
밤마다 나의 깊은 곳에 물을 뿌리고픈 남자와
물이 말라가는 여자의 불편한 동거
꽃가루 날리는 봄과 여름을 보내고
첫눈이 오기 전에 나는 그를 버렸다
아니, 화분을 버렸다

소설을 쓴답시고 정원을 배회하며
화분에 물 주기를 잊어버렸다
꽃들이 더 잘 알아.

나비가 날아들지 않는 난초 화분 옆에서
시들시들 떨어진 꽃잎을 주우며 그가 말했다
얘네들이 더 잘 알아.
당신이 날 어떻게 생각하는지
당신이 날 버리기 전에
내가 먼저 시들지 않을 거야

먼저 버린 건, 당신 아니었나?

마지막 여름 장미

스마트폰이 점령한 서울
젊음의 거리에 늦게 핀 여름 장미
21세기의 먼지를 뒤집어쓴 채
나, 여기 살아 있다고……

장미넝쿨이 올라온 담벼락에 기대어
소나기 같은 키스를 퍼붓던 너.

네가 나의 마지막 여름 장미였지
아니, 가을이었나?
네가 선물한 서른 송이의 장미.
천천히 말려 죽여야 더 오래간다며
우리의 침대 위에 걸어둔
장미꽃들은 어디로 갔나

침대가 작다고 투덜대는 내게

너는 속삭였지

사랑하면 칼날 위에서도 잘 수 있어*

---

*탈무드에 나오는 말이라고 한다.

헛되이 벽을 때린 손바닥

방충망을 뚫고 들어온
잡힐 듯, 잡히지 않는
벌레 한 마리가 날 괴롭힌다

잊을 만하면 울리는 그의 전화처럼
내 곁을 맴도는
끝날 듯, 끝나지 않는
환멸의 끝을 보려고
그의 번호를 지우지 않았다

미친 여자의 사랑 노래를 들으며
나는 그를 살해했다

추락하면서도 탱글탱글 솟구치는 너,
커졌다 작아지는 글씨들

엄마의 병실에서 돌아와 실비아 플라스Sylvia Plath
를 읽으며 여름을 보냈다. 어느 가수가 실비아에게
바치는 노래 '미친 여자의 사랑 노래Mad Girls' Love
Song'를 듣는데 가슴 속에 뭔가 꿈틀댔다. 익숙한 쓰
라림, 뜨거운 덩어리가 올라왔다. 가슴에 불이 켜져도
시가 솟아오르지 않았다.

사는 게 피곤해서인가. 너무 피곤해도 시가 달아난
다. 생각하면 할수록 시가 도망간다. 생각하지 않고,
만들지 말고, 받아 적어야 좋은 시가 나오는데. 만들어
지면 그래도 다행이다. 언젠가 아무것도 끄적거리고
싶지 않은 날이 올 것이니.

－『시인수첩』 2016년 겨울호

오래된

1. 봄날

개나리가 피려면

따뜻한 하루면 충분한데,

내게도 봄이 올까?

2. 동서울터미널에서

차가운 샌드위치로 허기를 때우는데

오래된 공허가 몰려왔다

3. 시 창작교실

시를 가르치는 동안,

나는 한 줄도 쓰지 못했다

4. 새벽 1시

부연 하늘에 반짝이는 십자가
내가 버린
그 아이들은 지금 어디 있을까?

5. 교통사고

빠르게 구르는 것들은 보이지 않지
시원스레 달리는 너희들을 보면
그 밑에 누워 푸른 하늘을……

6. 토요일 오후

상품을 주문하고 청소기를 돌리고
먹고 말하고 피우며
허무를 태워 없애는 입술

55년 벌리고 닫느라 늘어진 입구

아름다움이 썩는 냄새를 맡은 적 있니?
향기가 진할수록 서러운 거야

7. 오래된 일기
지겨운 이 땅을 나는 떠나지 못했다
답답한 문학 동네를 벗어나지 못했다
징그러운 내 가족을 아직 버리지 않았다

내버려둬

시인을 그냥 내버려둬
혼자 울게 내버려둬

가난이 지겹다 투덜거려도
달을 쳐다보며 낭만이나 먹고살게 내버려둬
무슨무슨 보험에 들라고 귀찮게 하지 말고
건강검진 왜 안 하냐고 잔소리하지 말고
누구누구에게 잘 보이라고 훈계일랑 말고
저 혼자 잘난 맛에 까칠해지게 내버려둬
사교의 테이블에 앉혀 억지로 박수치게 하지 말고
편리한 앱을 깔아주겠다,
대출이자가 싸니 어서 집 사라,
헛되이 부추기지 말고
집 없이 떠돌아다니게 내버려둬
헤매다 길가에 고꾸라지게
제발 그냥 내버려둬

마법의 시간

사랑의 말은 유치할수록 좋다
유치할수록 진실에 가깝다
기다려찌
어서와찌
만져줘찌
뜨거워찌
행복해찌

유치해지지 못해
충분히 유치해지지 못해
너를 잡지 못했지
너밖에 없찌,
그 말을 못해 너를 보내고
바디버터를 덕지덕지 바른다
너와 내가 함께 했던
마법의 시간으로 돌아가고파

망고와 파파야 즙을 머리에 바르고

올리브오일로 마사지하고

싱그러운 페퍼민트와 장미꽃 향으로

중년의 냄새를 덮고

어미의 병실에서 묻은 기저귀 냄새도 지우고

기다려찌

너밖에 없찌

문명의 시작

배고프지 않아도 짐승을 죽이고
발정기가 아닌데도 욕망을 일으키고

꽃, 나무, 하늘, 땅……
서로 다른 사물에 이름을 붙여주고

같은 여자는 없는데
'여자'라 부르며
추상화시키는 능력

내 것
내 여자
내 음식
내 땅

소유의 시작

착취의 시작

전쟁의 시작

수건을 접으며

엉망인 세상을 내 손으로 정리할 순 없지만
수건은 내 맘대로 접을 수 있지
수납장과 서랍의 질서를 나는 사랑하지

일요일 오후에 빨래 걷기를 잊지 않으면
인생이 순항할 듯,
일주일을 견딜 속옷을 접는다

내 손을 거치면 어떤 모양의 옷이든
작은 사각형이 되지요

세상과 맞설
투쟁의지를 불태우며 수건을 접는다
매일 아침 깨끗한 속옷을 입을 수 있다면
누구든 상대해주마
빨래 접기가 귀찮아지면

미련 없이 떠나야겠지
내게 더러움만 보여준 땅.
흐린 하늘, 최루탄과 미세먼지에 유린당한 눈.
너무 맑은 날에는 눈물이 났지

한 번뿐이었던 화창한 봄날,
그에게 배운 대로 세로로 수건을 말아
수납장에 세워둔다 포개진 기억들.
벌써 이십 년 전인데
너는 내게 영원히 젊은 남자
(엄마에게 그를 보여주진 않았지)

그와 헤어진 뒤, 하얀색만 입었지
내 헐렁한 팬티를 그는 싫어했지
할머니 같다고 놀렸지
나는 흰색

엄마는 누런색
건조대에서 흰색을 골라내느라
누런 수건을, 어머니를 방바닥에 떨어뜨렸다
미안해 엄마.

엄마는 이제 수건을 접지 않는다
혼자 머리를 감지도 못한다
내가 당신을 씻겨줄 토요일만 기다리는 엄마
토요일이 너무 빨리 다가온다고 투덜대는 나

어머니의 누렇게 바랜 내의를
비닐봉지에 넣기 전에 냄새를 맡는다
아무도 해치지 않고
사나운 고기를 싸는 상추 잎처럼
순하게 살아온 당신
날이 갈수록 작아지는 엄마

드럼세탁기도 없애지 못한 죽음의 냄새

엄마 수건과 내 수건이 섞이는 게 싫어,
위생관념이 철저했던 어미가 물려준 결벽증 때문에
어미의 세균을 1회용 비닐에 밀봉하고
돌아서, 터지는 소리

시리아를 공습한 미사일의 섬광처럼
어둠을 찢으며
가슴이 갈라지며
오래 벼르던 언어가 폭발한다

엉망진창인 세상을 정리할 순 없지만
쉼표와 마침표의 질서를 나는 사랑하지

2부

지리멸렬한 고통

예정에 없던 음주

위로받고 싶을 때만
누군가를 찾아가,
위로하는 척했다

등단 소감*

내가 정말 시인이 되었단 말인가
아무도 읽어주지 않아도
멀쩡한 종이를 더럽혀야 하는

내가 정말 시인이 되었단 말인가
신문 월평月評 스크랩하며
비평가 한마디에 죽고 사는

내가 정말 썩을 시인이 되었단 말인가
아무것도 안 해도 뭔가 하는 중인
건달 면허증을 땄단 말인가

내가 정말 여, 여류시인이 되었단 말인가
술만 들면 개가 되는 인간들 앞에서
밥이 되었다, 꽃이 되었다
고, 고급 거시기라도 되었단 말인가

*이 시는 등단 직후인 1993년에 민족문학작가회의(현재 한국작가회의 의 전신) 회보에 기고한 '등단 소감'의 첫머리에 등장하는 시인데, 이런저 런 이유로 시집에 넣지 못하다가, 2000년에 에세이집 『우연히 내 일기를 엿보게 될 사람에게』(사회평론, 초판본)를 출간하며 출처를 밝히고 원문 을 수록했다.

괴물

En선생 옆에 앉지 말라고
문단 초년생인 내게 K시인이 충고했다
젊은 여자만 보면 만지거든.

K의 충고를 깜박 잊고 En선생 옆에 앉았다가
Me too
동생에게 빌린 실크 정장 상의가 구겨졌다

어느 출판사 망년회에서
옆에 앉은 유부녀 편집자를 주무르는 En을 보고
나는 소리쳤다
"이 교활한 늙은이야!"
감히 30년 선배를 들이받고 나는 도망쳤다
En이 내게 맥주잔이라도 던지면
새로 산 검정색 조끼가 더러워질까 봐
코트자락 휘날리며 마포의 음식점을 나왔는데

100권의 시집을 펴낸
"En은 수도꼭지야. 틀면 나오거든.
그런데 그 물이 똥물이지 뭐니"
(우리끼리 있을 때) 그를 씹은 소설가 박 선생도
En의 몸집이 커져 괴물이 되자 입을 다물었다

자기들이 먹는 물이 똥물인지도 모르는
불쌍한 대중들

노털상 후보로 En의 이름이 거론될 때마다
En이 노털상을 받는 일이 정말 일어난다면,
이 나라를 떠나야지
이런 더러운 세상에서 살고 싶지 않아

괴물을 키운 뒤에 어떻게
괴물을 잡아야 하나

Mendelssohn violin concerto E minor

마르크스와 잉여가치가 나의 아침이었던
1986년 여름.

식은 짜장면처럼 불어터진 스물다섯 생일날
바바리코트를 걸치고
바람에 흔들거리는 코스모스가
내 목을 칠 때
피를 흘리며……
소주를 마시며……

그는 약혼녀가
있다고 했다

그래?
이거 무슨 음악이니?
멘델스존의 바이올린협주곡에 내가 숨긴 시간

벗을까?
거긴 건드리지 마

그의 이마보다 뜨거운
9월의 소나기가 창문을 두드리고

음악이 끝나면 그는 떠날 것이다
우리의 손길이 처음 닿았던 타자기로 내가 타이핑한
잉게보르크 바흐만을 가슴에 구겨 넣고

누구든 떠날 때는*
사랑을 위해 차린 식탁을 뒤엎고……

소설을 쓰려고,
내가 기억하지 못하는
그의 기억을 훔치려

그의 번호를 검색했다
세련된 커피 냄새를 맡으며
누군가 피아노를 연주했다
사랑과 혁명을 꿈꾸던
그해 여름의 소나타

너, 나 누군지 알겠니?
그는 아이가 있다고 했다
나는 남자친구가 있다고 말했다

멘델스존과 베토벤을 들으며
음악이 끝나기 전에,
나는 떠날 것이다

＊잉게보르크 바흐만Ingeborg Bachmann의 시 '누구든 떠날 때는'에서

지리멸렬한 고통

내게 칼을 겨눈 그들은
내 영혼의 한 터럭도 건드리지 못했어

피를 흘리지는 않았지만
눈물을 보이지는 않았지만

지리멸렬한 고통이 제일 참기 힘들지

거룩한 문학

그가 아무리 자유와 평등을 외쳐도
세상의 절반인 여성을 짓밟는다면
그의 자유는 공허한 말잔치

그가 아무리 인류를 노래해도
세상의 절반인 여성을 비하한다면
그의 휴머니즘은 가짜다

휴머니즘을 포장해 팔아먹는 문학은 이제 그만!

바위로 계란 깨기

나는 내 명예가 그의 명예보다
가볍다고 생각하지 않는다

무슨무슨 상을 받지 않았지만,
무슨무슨 상 후보로도 오르지 않은

계란으로
바위를 친 게 아니라,
바위로 계란을 깨뜨린 거지

우상을 숭배하는 눈에는 보이지 않겠지만……
썩은 계란으로 쌓아올린 거대한 피라미드를
흔든 건 내가 아니라 당신들이었지

독이 묻은 종이

대한민국 법원에서 보낸 소장을 받고
나는 피고 5가 되었다

두터운 종이에 쪽수도 매겨 있지 않았다
이걸 내가 왜 읽어야 하지?

한 편의 짧은 시를 쓰고,
100쪽의 글을 읽어야 하다니

아름답지도 않고 재미도 없는 문장들
쉼표도 찍히지 않은,
골치 아픈
적대감으로 가득하나 마지막은 '합니다'
정중하게 끝을 맺은
독이 묻은 종이를 읽고 싶지 않아
내가 아끼는 원목가구를 더럽힌다는 게 분했지만,

서랍장 위에 원고와 피고 5를 내려놓고

싸움이 시작되었으니
밥부터 먹어야겠다.

증명하지 않아도 되는

one two 오른쪽
우측 상단으로 떨어집니다
유강남 선수 8타석 만에 첫 안타……

!!!
다툼의 여지가 없는 숫자들.
증명할 필요가 없는 우측 상단에
증명할 필요가 없는
8타석 만에 첫 안타를 치고 그는 나갔다

그가 나간 뒤에도
one two
two three

그런데 왜 항소이유서가 안 오지?
(저들이 또 무슨 음모를 꾸미느라……)

two three full count

만루 홈런을 쳤는데도

튀어 오르는 기쁨이 보이지 않았다

여성의 이름으로

내가 아니라 우리
너가 아니라 우리
싫어도 우리, 라고 말하자

우리가 쓸고 닦고 먹여 살린 세상에서
우리는 맨 끝에 앉아야 했지
우리가 쓸고 닦고 먹여 살린 것들이
우리를 배반해도
참아야 했지
참아야 하느니라
어머니는 내게 가르쳤다

우리가 먹이고 씻기고 재워준 그들이
돌아오기를 기다리며
순종과 봉사의 갑옷을 걸치고
말로 뱉지 못한 말들.

부서진 꿈.

천년의 침묵.

어머니라는

아내라는 이름으로

노예 혹은 인형이 되어

그가, 그들이 우리를 버리기 전에는

절대로 우리가 그들을 저버리지 못하고

그들이 떠나기 전에, 먼저 떠날 자유도 없었지

아주 오래전이 아니라 지금도

지구 어딘가에서

어린 소녀들에게 일어나는 일들.

어머니가 아니라

아내가 아니라

여성의 이름으로 우리의 역사를 써야겠다

어머니가 아니라, 아내가 아니라
여성의 눈으로 세상을 보자
그래야, 이 삐뚤어진 세상이 제대로 보인다

머뭇거리던 목소리들이 밖으로 나와
하나의 목소리는 다른 목소리로 이어지고
함성이 되어 벽을 무너뜨린다

두려움을 넘어
내가 우리가 되는 기적

보석처럼 빛나지는 않지만,
너희들은 서로의 가슴에 별이 되거라

2019년 새해 소망

엄마 상태가 더 나빠지지 않고
치과 의자에 누워 고문당하지 않고
같은 친구에게 두 번 배신당하지 않기

재판이 끝날 때까지 노트북이 고장나지 않기를.

(화면과 자판의 이음새가 깨져 테이프로 고정시킨
노트북으로 책상 위의 괴물과 싸웠다)

최악의 시나리오는
접지도 못하는 노트북을 들고
S전자 서비스센터까지 땡볕을 걸어가는 것.

내 노트북만 완전히 망가뜨리지 않는다면
한 해 더 살아주마. 2019년아-

3부

다시 오지 않는

봄날

하루가 다르게 벌어지는 목련
왜 피어나야 하는지도 모르고
겨울을 밀어내며
잎은 꽃이 된다

너의 커다란 손이
닿기도 전에 나는 터졌지
네 손바닥 위에서 춤을 추며
신음소리가 들리지 않게 음악을 틀고……

그만해.
태양도 식어.

너와 나의
하얀 목련이 토해내는
다시 오지 않는 것들

꽃샘추위

찬바람 속에 봄을 숨겨놓은
3월이 제일 춥다

겨울이 끝나고
봄을 기다리는 마음에
봄이 오기도 전에
두터운 외투를 치우고

당신을 숨겨놓은 방은 춥지 않았지

너를 보내며

내가 잘 하는 일은
너를 보내는 것.
너희들을 떠나는 것.
창가에 서서 허망함을 태우는 것.

바람에 흔들리는
잊지 못할 과거는 없어
소독 못할 환부도 없어

나비가 날아들지 않는 호접란을 버리고
공원의 하찮은 소나무 밑에서
너를 보내며
너를 잡으며

죽음은 연습할 수 없다
― 그해 여름의 문자메시지

아버지 위독하시대

아버지 운명하셧다

(맞춤법이 틀려도 그냥 넘어갔다)

영정사진 갖고 병원 장례식장으로 와

아버지 주민등록 주소 좀 알려줘 빨리

엄마랑 통화했어

아버지 세례명 요한

천주교 식으로 장례 치르지 말래

안치료 20만

입관료 20만

음식값 기본 50만

상복 대여비 2만

수의 38만

관 25만

운구비 40만(기사 팁 포함)

화장비 10만

유골함 3만

꽃값은?

계산은 나중에 하자

아무도 원하지 않는 아버지의 피 묻은 틀니를,

가져가려는 자식이 없어

무슨 전염병 만지듯

흰 장갑을 낀 손으로 쓰레기통에 버렸다

80이 되도록 젊은이처럼 단단하던,

당신의 자랑이던 몸이 뜨거운 재가 되기까지

40분도 걸리지 않았다

상속포기 서류를 법원에 접수하고

하우스 와인을 한 잔 마신 뒤에

성가신 여름이 끝났다

시골 장례식

용문에서 목격한 어느 죽음.
앞산 뒤뜰이 떠들썩하게 소리와 색으로 물들어
꽃 같은 죽음.
생일잔치 같은 장례식.

이 세상에 나올 때,
그리고 들어갈 때만 화려한 사람들.

깊은 곳을 본 사람He who saw the Deep

깊은 곳을 본 사람, 이라고
길가메시 서사시는 시작한다
모든 왕들을 능가하는 왕이 아니라
전지전능한 신이 아니라
지혜로운 성인이 아니라
깊은 곳을 본 사람이 왕국을 다스렸다

이미 존재하는 언어로
존재하지 않는 깊이를 표현하려는
욕망에서 詩가 탄생했다

징그럽게 늙지 않는 얼굴들
깊이 없는 이름들, 검색어가 점령한 서울
새로운 기술에 열광하는 전염병을 피해
바빌로니아를 발굴하려는 욕망으로
시가 뚱뚱해졌다

지하철 유감

내 앞에 앉은 일곱 사람 중에
청바지를 발견할 수 없다면
청바지를 앉히지 않은 의자가 있다면,

내 앞에 앉은 일곱 남녀 가운데
휴대전화를 만지작거리지 않는 사람이
(하나라도!) 있다면,
나는 이 스마트한 문명을 용서해줄 수 있다

비틀 쥬스

척추가 부러진 늙은이
머리에 피투성이 붕대를 감은 아이
오줌 줄을 찬 아줌마
안전하게 고통 받으려 환자복을 입은

세상만사가 귀찮은 얼굴
남편에게 아내에게 자식에게 버림받은 눈빛들
어서 날 죽여다오, 애원하는
죽을 힘도 없는 치매 노인

삶과 죽음이
같은 승강기에 탄 환자처럼 스치고 지나가던
종합병원에서 보낸 20일
22년 만에 찾아온 폭염을 이긴 힘은,
내 유일한 위안은
지하 1층에서 파는 아보카도 주스

얼음 빼고 시럽은 절반만 넣으세요!
소독약과 피 냄새를 맡으며
쾌락의 문턱에서 날뛰던 혀.

어미에게 줄 수박 주스를 왼손에 들고
오른손으로 승강기 버튼을 누르고

사랑과 죽음이 같은 승강기에 탄 환자처럼
가까웠다 멀어지던……
영원히 끝나지 않을 것 같던 여름.

간병일기

내가 아는 똥은 더럽지 않다
내가 모르는 똥은 더러워,

6인 병실의 화장실 변기에 묻은 누군가의 흔적은
기겁을 하고 치우면서, 비닐장갑을 끼고도 찜찜해 손
을 씻고 또 씻으면서, 열흘 만에 구경한 내 어미의 똥
은 사랑스러워 "엄마 오늘 예쁜 똥 썼다"고 사진을 찍
어 동생들에게 보낸다. 드디어 엄마의 뒷문이 열렸다!

엄마– 힘 좀 줘 봐
안 나온다
그래도 1분만 더 앉아 있어

1분을 못 참고 일어나 워커를 잡은 당신에게 기저
귀를 채워주려는데 가래떡처럼 뽑혀 나오는, 내가 모
르는 어미의 몸을 돌아다니다 세상에 나온 푸르스름

한 덩어리를 내 손으로 받으며 출렁이는……젊었을 적에는 모르던 기쁨이여.

주소록을 정리하며

손을 뻗어도 닿지 않는 벽처럼 멀어진 사람들
당신의 번호는 스마트폰이 기억하지
희미해진 당신의 얼굴도 카톡방에 들어있겠지
멀어지는 뒷모습을 바라보던 내 눈빛도
언제든 불러오게 저장되어 있겠지
당신, 이라고 불렀던 사람이 내게도 있었지

아주 멀지 않은 미래에
낭떠러지에 매달려,
요양병원에 누워 오줌 줄을 꽂고
내가 붙들 번호는?
있을까

행복, 치매 환자의

행복했던 때와 장소를
기억하지 못한다면……

좋아하던 친구의 이름을
기억하지 못하고
좋아하던 노래도 듣지 못하고
좋아하지 않는 음식을 먹으며
좋아하지 않는 기저귀를 차고
요양병원의 좁은 침대에 갇힌

당신을 지금도 흥분시키는 달달한 것들의
이름을 알지 못해도 엄마는 행복할까

음미하는 행복이 참 행복이다

옆 침대

아이고 아이고

저 할머니, 또 시작했군
아파 죽겠다면서 악을 쓰고
간호사가 방에 들어오면 보란듯이
발을 구르고 몸부림치며

아이고 아이고
날 좀 죽여줘

아직 멀었어요 할머니.
할머니는 죽으면 그만이지만, 저는 어떡하구요?
쇠고랑 차요.

죽여 달라는 환자에게
진통제를 놔주며

'아직 멀었다'고 달래는 간호사

북망산 가는 길이 얼마나 길고
꼬불꼬불한데……
(그리 쉽게 가겠냐고 웃으며)

언제 그랬냐는 듯 오늘은
휠체어에 앉아 농담까지 하시는

할머니의 침대가 치워지는
그날을 보지 않았으면.

뭘 해도 그 생각

이 싸움이 끝나기 전에는 뭘 해도
준비서면과 진술서가 머리에 진드기처럼 붙어 있지

버스정류장에 서 있어도
버스가 보이지 않고
탈 버스를 놓치고 멍청하게
비빔밥을 먹는 그릇에도 진드기가 와글거리지
詩가 밀려와도 모른 척, 흘려보냈지
벌레들과 싸우느라 10월의 단풍도
첫눈이 내려앉은 나뭇가지도 보이지 않았지

싸움이 시작되기 전에 내 머릿속엔
엄마, 병실을 옮길까?
엄마, 변을 언제 보았지?
엄마, 저러다가 돌처럼 딱딱한 피똥을 싸면
엄마, 내일 점심 도시락엔 뭘 넣을까

당사자 심문을 앞두고
3년이나 대기한 시립요양원에 자리가 나왔는데도
엄마를 옮겨드리지 못했다
내가 증언하는 날, 엄마가 갑자기 아프면?
누가 병원에 데려가나, 나밖에 없는데

벌레들과 전쟁을 치르느라 엄마가 잘못되면
누구에게 손해배상을 청구할까

낙원

"인생은 낙원이에요
우리들은 모두 낙원에 있으면서
그것을 알려고 하지 않지요"

카라마조프 형제의 말을 베낀 그날은
흐린 날이었나, 맑았다 흐려진 하루의 끝,
까닭 모를 슬픔이 쏟아지던 저녁이었나

아낌없이 주는 나무 밑에서 낙엽을 줍던 소녀에게
슬픔도 고독도 핑크빛이었던 열다섯 살에게
가장 먼 미래는 서른 살이었다
도저히 도달할 수 없을 것 같던 서른을 넘기고
오십이 지나 뻣뻣해진 손가락으로 쓴다
어제도 오늘 같고 오늘도 내일 같아
달력을 보지 않는 새벽,

인생은 낙원이야.

싫은 사람들과 같이 살아야 하는 낙원.

4부

심심한 날

짧은 생각

양심과 도덕에 구애받지 않는 자들이
이 세계를 만들고 파괴하지

단순한 흑백보다는 복잡한 회색이 인류에게 덜 해
롭다

런던의 동쪽

1. 대영박물관

너는 내가 해독하지 못한 상형문자
이해하지 못하나 사랑할 수밖에 없었던

clay tablet(점토판)에도 번호가 적혀 있었지
유프라테스의 진흙에서 시작된
고대문명에 대한 영국인의 테러, 혹은 집착
그처럼 완벽한 물건을 훼손하고도 잠을 잘 잤을까
도살장에 끌려온 엉덩이에 찍힌 낙인처럼
잔인한 78223

메소포타미아의 햇볕에 구운 글씨는
지워지지 않았다
진흙 위의 1은 (죽었다 깨나도) 2가 될 수 없고
진흙에 새겨진 우정은 변하지 않았다

사막의 태양과 모래바람에 시달리고도
길가메시는 3천년을 반짝거렸다

2. 잘못 보낸 편지

내 인생이 소설이기를 그만두었을 때,
나는 이 소설을 완성할 수 있으리라

런던의 동쪽에서 길가메시처럼 잘생긴 남자에게 청
동으로 만든 정원을 보여주었다 관심 있는 척하지도
않는 남자에게 소설을 보여주는 실수를 한 뒤에 (시인
은 괜찮은데 소설 쓰는 여자는 싫어!) 내 이야기하지
마! 알았어.
그리스의 조각처럼 완벽한 몸매를 자랑하는 그의
것이었던, 그의 여자가 될 뻔했던 여자들의 이야기를

들어주고 나는 편지를 썼다. 우리 잠시 떨어져 있자. 말로 했으면 키스 한방에 사르르 녹았을 '떨어져'가 점토판에 새긴 글자처럼 단단하고 무거운 현실이 되어 그를 때렸다

천년이 지나도 변치 않을 것 같던 약속이 깨지고 그를 서울의 북쪽으로 보내고, 나의 두 번째 소설은 실패했다

3. 베스트셀러

문명이 밀봉된 점토판이 종이책으로
대량생산되는 21세기 공장에서
ISBN 번호를 부여받고
지식이 상품으로 변신한 순간,
거짓이 진실보다 잘 팔리는 시장에서

누구의 거짓이 더 오래갈까

모래처럼 가볍게 돌아다니며
서점에 진열된
황금빛 시끄러운 띠지를 두른
아무도 무시하지 못하는

소설, 후기

써야지, 써야지, 쓰지 못하고
유럽으로 미국으로 춘천으로
무거운 소설 보따리를 질질 끌고 다니며
쓰지도 않는 노트북을 두 번 바꾸고
아무 죄 없는 글자판을 세 번이나 갈아치우고
헛되이 10년을 흘려보내고

당신이 그 저녁,
소설처럼 내 앞에 나타난 뒤에야
펄펄 끓는 겨울의 심장에서
문장들이 튀어나왔지. 아픔도 없이

꿈의 창문

허공에 색色을 덧칠한 언어들
말이 말을 낳고
은유가 은유를 복제하는
요사스러운 말의 잔치에 질려, 나무를 보고
눈을 떴다 감았다
초록에 굶주린 몸이 도서관을 나온다

시 따위는 읽고 쓰지 않아도 좋으니
시원하게 트인,
푸른 것들이 보이는
자그만 창문을 갖고 싶다
담쟁이넝쿨처럼 얽힌 절망과 희망을 색칠할.

데이비드 호크니David Hockney

1. 오후 4시의 미술관

나는 빛을 보고 있지 않아요 *
당신을 보고 있지요

데이비드 호크니가 본 세상을 나와 꽃 피는 4월, 벚꽃과 개나리가 지나가는 창밖엔 비가 오고 태극기 깃발이 봄비에 휘날렸다 시위를 하거나 미술관을 찾거나……정치와 예술에 미친 서울의 봄은 쉬지 않는다움직이는 초점, 추상미술을 이해하려는 줄이 국수가락처럼 이어진
　열려진 문의 다른 쪽에서,
　전시회 어땠어요?
　창의력이 고갈된 작가가 어떻게 생존하는지 보여주었지

2. 현대미술을 감상하는 법

먼저 글을 읽고

그림을 보았다

그리고 사람들을, 그의 작품에는 없는 2019년 서울,
야수파의 호텔을 지나 입체파의 협곡을 위태롭게 거
니는 조선 사람들. 지구를 날아다니는

눈은 캔버스에 마음은 어디에 있는지 알 수 없는, 현
대미술을 산책하는 다리들은 지치지도 않지

나는 그림을 보고 있지 않아요

당신을, 나를 보고 있지요

———————

＊데이비드 호크니(David Hockney)는 인터뷰에서 "나는 빛을 보고 있
않다, 안개를 보고 있다"라는 말을 한 적이 있다.

50대

헤어진 애인보다 계단이 무서워

2층에서 내려올 때도 엘리베이터?
비 오는 날, 버스에 빈자리가 없으면
예술이고 나발이고 다 귀찮아
미술관 다녀온 걸 후회하고
축 늘어진 고기가 되어
손잡이에 매달려 흔들리면,
생이 총체적으로 흔들리지

그때 거절하지 않았다면……

편안한 의자가 베스트 프렌드보다 간절하고
잇몸이 아프면 살기가 싫어져

원고 청탁

시 2편 달라는 메일을 받고
세수도 하지 않고
세수를 하지 않았다는 사실도 잊고
계량기 교체하느라 단수한다는 안내방송도 듣지 못
하고

시간의 마우스를 이리저리 옮겨
이미 여러 번 우려먹은 기억을 재활용하느라
새벽부터 엉덩이 붙이고 앉아
브런치를 약속한 시간이 다가오는데, 10분 전인데
의자에서 일어나지도 않고

어떤 사랑의 묘약이 이보다 독하랴

카페 가는 길

바람이 나를 밀어
세게 밀어

앞으로 앞으로
힘 들이지 않고도
떠밀려 휘청휘청 가는 몸

진작에 이렇게 살았으면,
바람이 시키는 대로
흘러흘러 어디엔가 닿았겠지

거리의 먼지를 깨물고
머리카락이 엉키고
목을 때리는데도
흔적을 남기지 않는 바람이 신기해

따끈한 빵 냄새를 향해
금방 구운 빵을 차지하려
헤벌리고 뛰어가는

나의 종착지는
에티오피아 시다모.
미지근한 커피를 홀짝이며
호두바게트를 씹는 것
아직 씹을 힘이 있다는 것

사업자등록

하늘과 바람과 별과 시가 드나들던 머리에
계산서와 어음과 물류창고를 집어넣고

당신, 그대, 님, 벗……
구름처럼 잡히지 않는 이름들을 부르던 가슴에
공급자와 공급받는 자, 등록번호를 새겨 넣고
회계와 세무의 전문가에게 설명을 들어도 아리송
공급자와 공급받는 자의 차이를 이해하지 못하는
사업자.
숫자에 약해 그쪽으론 베개도 베지 않았으나

자나깨나 제작비와 싸우며
시인일 때는 모르던 흥정과 타협
작가일 때는 모르던 거짓과 마주하며
표정을 관리하는 자신을 보며

그동안 우아하게 글을 팔아 살아왔으니

닥치고 고생 좀 해야 쓰겠네

연휴의 끝

내겐 마약이 필요 없어
약을 안 해도
몸에 바늘을 꽂지 않아도
붕 떠서 날아다니지

검버섯이 주글주글한 얼굴에서
감이 주렁주렁 열린 유년의 뜨락으로
담을 넘어온 연시감을 따먹던 얘기를 하며
엄마는 천진하게 웃었다
나비야 나비야 이리 날아 오너라
동요를 따라 부르던 팔순의 어미

처참하게 갈라진 발톱을 깎으며
깎아지지 않는 세월의 두께를 자르다
피를 보았다
딸의 서툰 손에 베인 당신의 발가락에서

피가 파도처럼 솟아
바다가 보이는 호텔방에서
바다를 보지도 못하고

왜 나를 아프게 하냐
집으로 데려가지 않을 거면
왜 병원에서 나를 빼내왔나
이런 호텔에서 하룻밤 잔다고 뭐가 달라지냐
나는 누구와 살아야 하니?

서럽고 서러운 당신의 침묵을
핏물을 닦느라 진땀을 흘리며
붉게 물든 어린이날
풍선처럼 떠다니는 나쁜 시간들

쓰는 인류

5천년 전에 그들은
나무의 생김새를 흉내내어 나무를,
사람 모양으로 사람을,
손을 그려 손을 표시했던 수메르인들은
쓰기를 시도했던 최초의 인류

눈은 손이 될 수 없고
사랑은 미움으로 변할 수 없었고
나뭇가지를 깎아 만든 펜으로
진흙 위에 일용할 양식을
소중한 것들을 기록했다
한번 새긴 글은 지우지 않았고
진흙판을 깨지 않고는 한 글자도 지울 수 없었다

위선의 종이 뒤에 숨어
내 손에 흙을 묻히지 않고

빛의 속도로 분노와 적의를 실어나르는 우리는
누구를 가슴속에서 완전히 지우고도
흔적을 남기지 않는 기술을 아는 우리는

지우개를 발명하고
사랑과 증오를 오려붙이고
마음에 들지 않는 댓글은 차단하고
아무 이유 없이 사람을 죽이고
심심해서, 라고 말하는 인류는

오사카 성

사무라이의 칼처럼 날렵한 선
하늘을 찌르는 지붕
눈이 시려,
탑을 올려다보다
내 목이 꺾일 것 같아

400년이 지났는데도 위풍당당
우리를 내려다보는
토요토미에게 입장료를 바치고 싶지 않아
멀리 물러나, 보았다
누군가 실수로 떨어뜨린 돌
성城이 되지 못한 돌덩이.
높지 않아
다듬어지지 않아 아름다운

그 무거운 돌을

저기에서 여기로 옮겨 놓은
권력을 생각하며

자신의 키만큼이나 긴 칼을 차고
황금과 옻칠로 분장한 제국,
검은 야망에 황금을 입히고
노골적으로 번쩍이는
칼의 노래를 들었다

내가 갇힌 줄도 모르고
높은 돌담, 깊은 해자에 빠져
16세기의 병풍 속으로 들어간 벚꽃들

여행

왜 떠나려 해?

나도 모르겠어.

이유를 알고 떠난 적은 한 번도 없었지.

1월의 공원

봄은 멀었지만
매화 정원을 찾아가는
낭만 가객

그날의 노트에 적힌
고리키, 로라, 세검정, 어울리지 않는
외래어로 만든 조합 같은 인생

길이 보이지 않아도

나는 다만 이 햇살 아래
오래 서 있고 싶다

내 생애 한 번도 가보지 않은 길을 가며,

정신이 사나워져 시를 잊고 살았다. 길을 가다 번뜩 떠올라도 걸음을 멈추지 않았다. 아주 멋진 구절이었는데, 나중에 아까워했지만…… 가슴을 두드렸던 그 순간은 다시 오지 않았다. 다시 오지 않는 것들, 되살릴 길 없는 시간들을 되살리려는 노력에서 문자 예술이 탄생하지 않았을까.

어느 봄날, 봉긋 올라온 목련송이를 보며 추억이 피어나고 노래가 나를 찾아왔다. 사랑을 떠올릴 수 있는 동안은 시를 영영 잃지 않을 게다.

*

6년 만에 신작 시집을 출판하기까지 여러분의 도움을 받았습니다. 시를 선보일 기회를 준 매체와 문예잡

지사 편집자들의 노고를 기억하며, 일부 시들은 처음 발표된 지면과 다르게 개작되었음을 밝힙니다.

따뜻하고 아름다운 추천사로 시집을 빛내주신 문정희 선생님께 깊이 감사드립니다. 발문을 쓰느라 고생한 최명자 님, 이것저것 챙겨주고 덕담을 주신 박혜란 님, 책의 모양을 만든 여현미 디자이너, 사진을 찍은 사촌동생 이정우, 제 강의를 들었던 분들, 편집과 교열을 맡은 분들, 우정을 나눈 친구들, SNS 친구들, 힘들 때 의지했던 동생들, 늘 친절했던 박지영 님, 박은영 언니와 심영신 님과 이민수 님 그리고 윤철호 님과 나연희 님에게도 감사드립니다.

오랜 벗, 김영화와 독일의 남경순을 비롯해 이름을 다 밝히지 못 하는 많은 분들의 지지와 도움으로 여기까지 왔습니다. 진실을 위해 싸우신 변호사님들과 여성단체 여러분에게도 고마움을 전하고 싶습니다.

—2019년 6월, 서울에서
최영미

다시 대낮의 햇살 아래

— 최명자 (시인)

최영미 시인이 여섯 번째 시집을 펴냈다. 어느덧 두 번째 서른 앞에 서 있는 시인을 찾아온 시는 어떤 모습일까? 긴 세월 지켜왔던 시인의 본질이 면면이 이어지고, 소설과 미술 에세이의 자기 고백 또한 시의 여정이었다.

오랜 은둔생활을 접고 2016년 A학당의 강의실에 선 시인은 주저하는가 싶더니 강의가 거듭될수록 학창시절 오락부장의 면모를 드러내기 시작했다. 2017년 B아카데미에서 서양미술사 강의를 맡고 활기를 되찾은 시인은 오랜만에 서랍 속 깊이 넣어 두었던 시 한 편을 꺼내 세상에 내보냈다. 그 시가 날아오르자 거대한 피라미드에 금이 가더니 끝내 와르르 무너져 버리고 말았다.

한 생각이 떠오르면 어느새 언어가 되고, 한번 마음 먹은 일은 끝까지 실행하되, 가치 없다 느껴지면 바로 그만두는 쉼표와 마침표의 질서가 여선히 당당하다. 이번 시집에서 시인은 전쟁 뒤에 찾아온 평화로운 일상을 강렬한 이미지로 표현해냈다.

밥물은 대강 부어요
쌀 위에 국자가 잠길락말락
물을 붓고 버튼을 눌러요
전기밥솥의 눈금은 쳐다보지도 않아요!
밥물은 대충 부어요. 되든 질든

되는대로
대강, 대충 살아왔어요
대충 사는 것도 힘들었어요
전쟁만큼 힘들었어요

목숨을 걸고 뭘 하진 않았어요
(왜 그래야지요?)

서른다섯이 지나

제 계산이 맞은 적은 한 번도 없답니다!

—「밥을 지으며」 전문

지도 밖으로 오래 떠돌았던 시인은 지금 도시락을 싸들고 요양병원을 드나든다. 어린 시절 어머니가 그러했듯이, 아기가 된 어머니를 먹이고 씻기고 돌아온다. 동정과 참견을 못 견뎌 하는 시인은 "헤매다 길가에 고꾸라지게 제발 그냥 내버려둬"(「내버려둬」)라고 말한다.

고군분투하는 그녀는 "내 노트북만 완전히 망가뜨리지 않는다면 한 해 더 살아주마"(「2019년 새해소망」)라고 다짐한다. 생애를 정리할 문장을 아직 찾지 못해서, 무덤에서 일어나 일일이 해명하기 싫어서, 더 살아야겠다고 한다.

삼십은 시인이 즐겨 쓰는 숫자이다. 잔치가 끝난 뒤의 서른 송이 장미는 아무데도 없고, 천년이 지나도 깨지지 않는 약속 같은 건 없어도, 간혹 점토판에 새겨져 세월을 견뎌온 숫자는 남아있는 법. 오래전 인류의 정신을 지켜낸 그 점토판은 사막의 뜨거운 열기가 구워낸 것이다. 그처럼 수천 년 뒤까지 부르게 될 노래 하나 남길 수 있다면 그가 바로 시인.

수메르인들은
쓰기를 시도했던 최초의 인류

눈은 손이 될 수 없고
사랑은 미움으로 변할 수 없었고
나뭇가지를 깎아 만든 펜으로
진흙 위에 일용할 양식을
소중한 것들을 기록했다
한번 새긴 글은 지우지 않았고
진흙판을 깨지 않고는 한 글자도 지울 수 없었다

—「쓰는 인류」 일부

나비가 날아들지 않는 호접란, 소나무 밑에서 보낸 너, 멘델스존 음악 속에 숨긴 그 여름날의 시간들, 겨울을 이겨낸 하얀 목련 꽃잎의 시간들은 두 번 다시 오지 않는다.

자동으로 저장되고 쉽게 삭제되는 전화번호 중에서 생애 마지막 순간까지 붙들고 있을 숫자는 누구의 것일까? 종합병원 승강기 속의 삶과 죽음도, 영원히 끝나지 않을 것 같던 여름도 다 지나간다.

어머니의 몸 속에서 나온 것들을 두 손으로 받아내며 "내가 아는 똥은 더럽지 않다"(「간병일기」)고 말하는 시인. 사랑 대신 모정을 움켜쥔 손은 헛헛하지 않다. 할머니, 어머니, 딸들에게로 이어져 흐르는 도도한 강물이 있으니.

거짓이 진실보다 잘 팔리는 세상에서 시가 동전이 되고 밥이 될 수 있을까? 그의 영혼은 아무도 건드릴 수 없이 빳빳하며, 같은 문장을 두 번 쓰지 않는다. "생각하지 않고, 만들지 말고, 받아 적어야"(「시작 메모」) 좋은 시라는 그의 신념은 여전하다.

김용택 시인은 『서른, 잔치는 끝났다』(1994년)의 발문에서 "최영미는 응큼 떨지 않는다. 의뭉하지 않으며 난 척하지도 않는다. 다만 정직할 뿐이다"라면서 "우리들의 그 좁은 문학 동네를 과감히 찢고 우리의 현실을 담아내길 바란다"고 기원했다.

방민호 교수는 최영미의 다섯 번째 시집 『이미 뜨거운 것들』(2013년)의 발문에서 "나는 최영미 시에서 자기를 내던지는 투명함과, 고통과 시련과 좌절에 굴하지 않는 강한 정신을 본다" "아무것도 가진 것 없는 시인이…… 자기 삶을 걸고 진실을 말할 때, 세상은 이미 변하고 있다"라고 예견한 바 있다.

한 편의 시를 쓴 용감한 수비수는 100쪽의 "독이 묻은 종이"(「독이 묻은 종이」)를 모두 읽은 뒤, 사실을 증명하고 설명해야 했다. 또다시 시시포스의 언덕 앞에서 싸워야만 하는 검투사가 되었다.

바람이 부는 대로, 물이 흐르는 대로 떠밀려갔다면 지금쯤 어느 아늑한 마을에서 "시원하게 트인 / 푸른 것들이 보이는 / 자그만 창문'(「꿈의 창문」)을 가졌을 텐데. 그러나 아직도 시인에게는 누구에게나 평등하게 내려 쪼이는 햇살 아래 오래오래 서 있는 행복을 누릴 자유가 남아 있다. 정오의 햇살 아래 서 있는 시인의 노래가 세상을 아름답게 하길 바란다.

| 발표 지면 |

등단소감 —『민족문학작가회의』1993년
너를 보내며 — 계간『여성불교』2015년 봄호
오래된 —『문학사상』2015년 7월호
내버려 둬 —『문학사상』2015년 7월호
깊은 곳을 본 사람(He who saw the Deep) —『문학사상』2015년 7월호
죽음은 연습할 수 없다 —『창비』2016년 여름호
꿈의 창문 —『미네르바』2016년
마법의 시간 —『러쉬 덕찌』시집, 2016년 여름
마지막 여름장미 —『월간문학』2016년 11월호
비틀 주스 —『시인수첩』2016년 겨울호
헛되이 벽을 때린 손바닥 —『시인수첩』2016년 겨울호
괴물 —『황해문화』2017년 겨울호
Mendelssohn violin concerto E minor —『황해문화』2017년 겨울호
지리멸렬한 고통 —『황해문화』2017년 겨울호
여성의 이름으로 —『여성신문』창간 30주년 축시 (2018년 12월)
밥을 지으며(전기밥솥에 대한 명상) — 문학웹진『비유』13호 (2019. 1)
수건을 접으며 — 문학웹진『비유』13호 (2019. 1)
데이비드 호크니(오후 4시의 미술관) —『실천문학』2019년 여름호
쓰는 인류 —『실천문학』2019년 여름호

＊발표된 당시와 제목이 바뀐 시도 있고, 시집을 엮으며 일부 표현을 수정
  했습니다.

다시 오지 않는 것들

초판 1쇄 발행 2019년 6월 26일
초판 11쇄 발행 2023년 6월 22일

지은이 최영미
편 집 김소라
교 정 이현정
디자인 여현미

펴낸이 최영미
펴낸곳 이미
출판등록 2019년 4월 2일 (제2019-000097호)
주소 서울시 마포구 마포대로 89 마포우체국 사서함 11
이메일 imibooks@nate.com
페이스북 www.facebook.com/youngmi.choi.96155
홈페이지 www.choiyoungmi.com

ⓒ 최영미 2019
ISBN 979-11-967142-0-8 03810